Noson
y
Llygaid Llachar

Sonia Edwards

Argraffiad Cymraeg cyntaf: 2005

ISBN 1 84323 400 9

Mae Sonia Edwards wedi datgan ei hawl dan
Ddeddf Hawlfraint, Dyluniadau a Phatentau 1988
i gael ei chydnabod fel awdur y llyfr hwn.

Dymuna'r cyhoeddwyr gydnabod cymorth
Adrannau Cyngor Llyfrau Cymru.

Argraffwyd gan
Wasg Gomer, Llandysul, Ceredigion SA44 4QL

PENNOD 1

'Wel, be ydi'r esgus y tro yma, Iwan?' gofynnodd Parri Pry, gan chwifio'r llyfr Mathemateg yn beryglus o agos at drwyn y bachgen bach cringoch a safai o'i flaen. Daeth pwff o chwerthin o rywle yng nghefn y dosbarth. Trodd Parri Pry i wynebu'r plant eraill.

'Mae 'na rywun yma sy'n meddwl bod hyn yn ddoniol, mae'n amlwg!' meddai yn ei lais gwichlyd. 'Rhywun sy'n edrych ymlaen at gael aros i mewn yn ystod amser chwarae, tybed?'

Distawodd y sŵn ar unwaith ac aeth y Pry yn ei flaen: 'Mae cael un ffŵl yn nosbarth 8B yn ddigon. Yn dydi, Iwan Arthur Huws?'

Roedd Iwan Arthur Huws yn edrych i lawr i gyfeiriad ei draed. Edrychai fel pe bai'n astudio'i esgidiau'n ofalus ac roedd ei fochau erbyn hyn bron cyn goched â'i wallt.

'Wel, Iwan? Lle mae'r gwaith? Rwyt ti wedi dod â'r llyfr i'r ysgol, ond am ryw reswm od dydi'r gwaith cartref ddim ynddo fo. Pam?'

'Wedi anghofio ei wneud o, Syr.'

'Anghofio? Anghofio!' Roedd Parri Pry yn gwichian yn uwch nag erioed ac roedd y dosbarth yn sâl eisiau chwerthin eto, ond feiddiodd neb y tro hwn. 'Mi faset ti'n anghofio dy ben, Iwan Huws, oni bai ei fod o'n sownd wrth dy sgwyddau di!'

Y funud honno daeth cnoc ar y drws. Safai un o enethod Blwyddyn Naw yno â nodyn yn ei llaw.

'Mae isio i Jiws . . . ym . . . Iwan Huws fynd i lawr yn syth i'r stafell feddygol, Syr,' meddai.

Suddodd calon Jiws i waelod ei sanau. Roedd mynd i'r stafell feddygol yn golygu un peth, ac un peth yn unig. *Injecsion*! Allai pethau ddim bod yn llawer gwaeth arno. Doedd hi'n ddim ond deg o'r gloch ar fore Llun ac roedd Jiws mewn trwbwl dros ei ben a'i glustiau; llinellau gan Mr Evans am gnoi yn y gwasanaeth, ffrae o flaen pawb am anghofio'i waith cartref, a rŵan hyn – y stafell feddygol! Roedd o wedi gweld sawl un yn dod o'r fan honno yn dal ei fraich mewn poen. Edrychodd Parri Pry yn flin arno.

'Gwell i ti frysio i lawr yna, felly, Iwan. Ond mi gei di adael dy fag a dy lyfrau yma – mi fyddi di eu hangen pan ddoi di'n ôl i wneud y gwaith cartref 'na yn ystod amser egwyl!'

Dihangodd Jiws o'r ystafell, yn falch erbyn hyn o gael mynd i unrhyw le o sŵn Parri Pry. Caeodd y drws tu ôl iddo gyda chlep a rhoddodd Alwyn Parri weddi fach ddistaw o ddiolch am gael llonydd gan Iwan Huws, pe bai'n ddim ond tan amser egwyl. Edrychodd ar weddill y dosbarth yn cario 'mlaen yn ddistaw gyda'u gwaith. Roedd Derfel Jones yn aflonydd fel arfer, ond yn ymddwyn yn well o'r hanner heb yr hen Jiws gwirion 'na wrth ei ochr. Ochneidiodd. Byddai'n rhaid iddo yntau golli'i amser egwyl rŵan er mwyn gwneud yn siŵr bod y cenau bach yn gwneud ei waith cartref. Roedd bywyd athro'n gallu bod yn anodd iawn weithiau, meddyliodd. Eisteddodd yn drwm yn ei gadair heb sylwi ar y pìn bawd a osodwyd yn ofalus yn yr union fan lle y byddai ei ben-ôl yn glanio. Roedd yr eiliadau nesaf fel hunllef i'r hen Barri Pry druan. Cododd fel mellten oddi ar y gadair wrth deimlo pigiad yn ei ben ôl, dim ond i faglu'n sydyn wrth i'r pìn bawd llithro oddi tano wrth iddo eistedd am yr eilwaith. Ond wrth gwrs, yn lle eistedd, glaniodd yn glewt ar y llawr a tharo'i ên ar ymyl y ddesg wrth ddisgyn. Dim ond un gair sydd yna i ddisgrifio'r hyn a

ddilynodd – halibalŵ! Roedd pawb yn glanna chwerthin ac yn curo'u desgiau, a dosbarth 8B yn mwynhau pob eiliad o'r perfformiad. Dyma'r wers Fathemateg ddifyrraf iddyn nhw 'i chael erioed! Yn anffodus, dewisodd Mr Eryl Haines, M.A., prifathro Ysgol Uwchradd Rhos Hir, yr union foment honno i gerdded i mewn i'r dosbarth. A phan gyrhaeddodd Jiws yn ei ôl ugain munud yn ddiweddarach i dderbyn ei gosb, gwelodd fod ganddo gwmni. Yn lle bod yna ddim ond un troseddwr, roedd yna ddau ddeg chwech yn aros i mewn yn yr ystafell Fathemateg drwy gydol amser chwarae.

*   *   *

'Argol! Mi oeddet ti'n lwcus nad oeddet ti ddim yn y dosbarth pan ddaeth *Eryl ddy Peril* i mewn,' meddai Tanc wrth redeg i lawr y coridor ar ôl Jiws. Bedyddiwyd Tanc yn John Derfel Jones ond roedd blynyddoedd o wario'i bres poced ar bethau da a chreision ac o ddwyn tsips oddi ar blatiau pobl eraill wedi sicrhau iddo lysenw a weddai'n berffaith iddo. Roedd y gloch newydd ganu ar ddiwedd yr egwyl ac roedd 8B ar frys i gyrraedd eu gwers nesaf. Doedd neb yn awyddus i gael ffrae arall y bore hwnnw.

'Bechod 'mod i wedi colli'r hwyl i gyd,' meddai Jiws gan wenu'n ddireidus. 'Mi faswn i wedi cael modd i fyw wrth weld yr hen Parri Pry ar ei din ar lawr!' Dechreuodd y ddau dagu chwerthin a phwnio'i gilydd.

'Iwan! Derfel! Cerddwch yn ddistaw!' gwaeddodd Harri Hanes wrth basio heibio iddyn nhw ar garlam a phentwr o bapurau o dan ei gesail.

'Hei, gest ti dy *injecsion* bore 'ma?' gofynnodd Tanc wrth gofio'n sydyn am ymweliad Jiws â'r stafell feddygol. Gallai Tanc gydymdeimlo ag unrhyw un oedd yn gorfod cael pigiad, ar ôl y profiad a gafodd ef ei hun flwyddyn ynghynt. Un o hoff ddiddordebau Tanc yr adeg honno oedd dal llygod bach a'u rhoi nhw drwy dyllau llythyrau pobl. Yn anffodus, doedd maint a phwysau Tanc ddim yn fantais iddo pan ddeuai hi'n amser rhedeg i ffwrdd, ac un noson daeth ci mawr go ffyrnig o gefn un o'r tai a gafael yn ei goes. O ganlyniad bu raid i Tanc gael pigiad tetanws mewn lle reit boenus fel na allai eistedd yn gyfforddus am dridiau. Roedd hynny, yn ogystal â'r ffrae a gafodd gan ei fam am ddifetha trowsus ysgol newydd sbon, wedi rhoi terfyn ar ei hobi am byth.

'Ches i ddim pigiad,' atebodd Jiws.

'Be gest ti, ta? Prawf llygaid? Ti'n gorfod cael sbecs?'

'Cau dy geg a phaid â malu!' sibrydodd Jiws yn wyllt. 'Gwranda'n ofalus os wyt ti isio gwybod be ddigwyddodd!' Taflodd gipolwg sydyn dros ei ysgwydd fel petai arno ofn bod rhywun yn gwrando. 'Ond rhaid i ti fynd ar dy lw na wnei di ddim dweud gair wrth neb.'

Agorodd Tanc ei lygaid yn fawr nes eu bod yn edrych fel dau nionyn picl yn ei ben. Pa salwch ofnadwy oedd ar ei ffrind gorau? Roedd hyn yn ddifrifol!

'Be sy'n bod arnat ti, Jiws yr hen fêt? Ydi o'n heintus?'

'Callia, wnei di!' meddai Jiws. 'Dydw i ddim yn sâl, siŵr iawn. Fues i ddim yn y stafell feddygol o gwbl!'

'Be? Ond mi ddywedodd . . .'

'Do, dwi'n gwybod. Esgus oedd y cyfan. Yn stafell y Dirprwy Brifathro fues i – ond does neb arall i fod i gael gwybod.'

Edrychodd Tanc ar ei ffrind gydag edmygedd. Dwy ffrae, a chael ei anfon at y Dirprwy – a'r cyfan mewn un bore! Roedd hynny'n siŵr o fod yn record. Ond beth aflwydd oedd Jiws wedi'i wneud rŵan?

'Nid y Dirprwy oedd isio fy ngweld i go iawn,' meddai Jiws o'r diwedd, 'ond yr heddlu. Dau dditectif o'r C.I.D.'

O'r mawredd! meddyliodd Tanc. Roedd pethau'n mynd o ddrwg i waeth. Yn ôl pob golwg roedd ei ffrind yn y cawl dros ei ben a'i glustiau y tro hwn. Roedden nhw wedi cyrraedd y stafell Saesneg erbyn hyn ac roedd Tanc ar bigau'r drain yn disgwyl i Jiws egluro'r cyfan. Llithrodd y plant i'w seddau'n swnllyd a gwaeddodd yr athrawes am ddistawrwydd. Roedd hi'n amhosib i'r ddau ohonyn nhw gael sgwrs rŵan.

'Brysiwch, Iwan! Estynnwch eich pethau'n reit handi!' meddai Miss Rogers yn biwis. Hen ferch oedd Miss Rogers a edrychai ymlaen at gael ymddeol ymhen y flwyddyn. Doedd ganddi fawr o amynedd hefo plant, yn enwedig rhai swnllyd, aflonydd a direidus fel Jiws Huws!

Ufuddhaodd Jiws a dechrau chwilota'n wyllt drwy'i fag am ei lyfr Saesneg. Byddai'n rhaid i Tanc ddioddef tan ddiwedd y wers cyn cael clywed ei stori. Yn ei ffwdan gollyngodd Jiws y bag 'Nike' gwyrdd a du a disgynnodd ei gynnwys i'r llawr. Yn anffodus, roedd o wedi dod â photel o ddiod fyrlymus i'r ysgol y diwrnod hwnnw i'w hyfed gyda'i frechdanau amser cinio. Glaniodd y botel blastig ar y llawr caled gyda chlec anferthol; neidiodd ei chaead i ffwrdd a saethu ar draws yr ystafell fel bwled o wn. Rhyddhawyd yr holl swigod gwyllt a gawsai eu hysgwyd o gwmpas ym mag Jiws drwy'r bore a llifodd y ddiod blas ceirios rhwng y desgiau fel afon o waed.

'Neno'r Tad, Iwan! Sôn am flerwch! Ewch i nôl y gofalwr ar unwaith!' sgrechiodd Miss Rogers, a'i hwyneb erbyn hyn yr un lliw â'r ddiod.

Cododd Jiws oddi ar ei liniau'n frysiog. Yn ffodus iddo fo, Tanc oedd yr unig un a'i gwelodd yn achub rhywbeth yn sydyn o ganol y llanast a'i stwffio i'w boced – rhywbeth bychan, sgwâr a oedd yn edrych yn ofnadwy o debyg i focs o binnau bawd.

PENNOD 2

Bu'n rhaid i Tanc aros tan amser cinio i gael y stori'n llawn. Roedd Jiws ac yntau'n eistedd ar y wal yn ymyl giât yr ysgol, yn ddigon pell oddi wrth bawb arall.

'Wel, tyrd yn dy flaen. Be' ydi'r holl ddirgelwch 'ma?' meddai Tanc a'i geg yn llawn o frechdan. 'Pa drwbwl wyt ti ynddo fo rŵan?'

Roedd Jiws yn byseddu ei becyn bwyd yn amheus, ac yn ceisio dewis rhywbeth nad oedd wedi cael trochfa mewn swigod cochion. Torrodd grystyn pinc, gwlyb oddi ar un o'r brechdanau caws a mentro cegaid cyn ateb.

'Ti'n gwybod fy mod i'n gwneud rownd bapur newydd bob bore, yn dwyt?'

Nodiodd Tanc. Roedd hi'n anodd siarad ac ymosod ar far o siocled ar yr un pryd. Llyncodd yr hyn a oedd yn ei geg yn sydyn.

'Dwyt ti ddim yn gall,' meddai, 'yn codi am chwarter i chwech bob bore. Ac am ddim ond naw punt yr wythnos!' Roedd Tanc wedi cael ei ddifetha braidd gan ei rieni a doedd o erioed wedi gorfod gweithio am ei bres poced.

'Mae naw punt yn well na dim,' meddai Jiws. 'Beth bynnag, wyt ti isio clywed, ta be?'

Caeodd Tanc ei geg a chanolbwyntio ar ei far siocled unwaith yn rhagor. Ailgydiodd Jiws yn ei stori.

'Bore ddoe, pan oeddwn i ar fy rownd bapurau Sul, roedd yn rhaid i mi alw yn Llys Gwyn, y tŷ mawr crand 'na tu allan i'r dref, hwnnw sydd ar draws y ffordd i'r ffatri newydd sy'n gwneud siampŵ a cholur ac ati.' Roedd ffatri o'r enw 'Sebon a Sent' wedi agor yn lled ddiweddar ar gyrion Rhos Hir, yn cynhyrchu persawr a cholur.

'O, ia, y lle mêc-yp 'na,' meddai Tanc. 'Nid perchennog y cwmni sy'n byw yn Llys Gwyn?'

'Ia, dwi'n meddwl,' meddai Jiws, 'ond paid â thorri ar fy nhraws i bob munud! Beth bynnag, dim ond papurau Sul maen nhw'n eu cael yn Llys Gwyn. Wel, pan es i i roi'r papur i mewn yn y portsh wrth ddrws y ffrynt, roedd

Sunday Times Sul diwethaf yn dal i fod yno. Dwyt ti ddim yn meddwl fod hynny'n od?'

'Dim felly,' meddai Tanc. 'Efallai bod y boi wedi bod ar ei wyliau, neu ei fod o wedi mynd i ffwrdd ar fusnes neu rywbeth. Mae pobl yn mynd i ffwrdd am fwy nag wythnos weithiau, sti.'

'Wel, ia, dyna feddyliais inna ar y dechrau,' meddai Jiws yn araf, 'ond os mai dyna oedd yn bod, pam na fyddai'r dyn wedi canslo'r papur newydd?'

Nid atebodd Tanc – roedd o'n rhy brysur yn stwffio'r papur siocled i dwll yn y wal. Aeth Jiws yn ei flaen:

'Roedd hi'n amlwg fod y tŷ'n wag. Hanner awr wedi chwech yn y bore oedd hi – ychydig iawn o bobl sydd wedi codi'r adeg honno ar fore Sul. Mae llenni pawb wedi cau pan fydda i'n danfon y papurau. Ond roedd llenni Llys Gwyn i gyd yn agored. Dyma fi'n dechrau edrych o gwmpas. Roedd hi'n ofnadwy o ddistaw ym mhob man. Mi es i rownd i gefn y tŷ, a phan welais i'r drws cefn mi gefais i goblyn o sioc!'

'Be welaist ti?' meddai Tanc, yn cymryd dipyn mwy o ddiddordeb yn y stori erbyn hyn.

'Mi oedd y gwydr yn y drws wedi malu'n deilchion, ac yn waeth fyth . . .' Crynodd yn sydyn wrth gofio, '. . . roedd 'na staeniau gwaed ar hyd y drws ym mhob man!'

Roedd Tanc yn glustiau i gyd erbyn hyn ac yn edrych ar Jiws fel pe bai'n ei weld yn iawn am y tro cyntaf erioed.

'Be wnest ti?' holodd yn eiddgar.

'Wel, doeddwn i ddim yn siŵr beth i'w wneud i ddechrau. Doedd 'na unman i mi fynd i ffonio'r heddlu'n syth – dim tai eraill na blwch ffôn na dim yn ymyl. A does gan bawb ohonon ni ddim ffôn symudol, wrth gwrs.' Rowliodd Jiws ei lygaid yn gyhuddgar i gyfeiriad Tanc wrth ddweud hyn – yn ddistaw bach teimlai'n genfigennus iawn o fobeil newydd Tanc – cyn mynd ymlaen â'i stori. 'Mi oedd y beic gen i, felly mi neidiais ar ei gefn ac i lawr am y blwch ffôn yng nghanol y dre.'

'A ffonio'r heddlu o fanno wnest ti?'

'Wel ia siŵr iawn,' atebodd Jiws. 'Be faset ti wedi'i wneud?'

Gwyddai Tanc yn union beth fyddai *o* wedi'i wneud – ei heglu hi am adref yn syth a pheidio dweud dim byd wrth neb rhag ofn i rywun roi'r bai arno fo am rywbeth! Beth bynnag, doedd o ddim yn ddigon gwirion yn y lle cyntaf i godi o'i wely clyd yn oriau mân y bore i ddanfon papurau i bobl a oedd yn rhy ddiog i gerdded i'r siop i'w nôl nhw eu hunain! Ar hynny, canodd cloch yn y pellter ac edrychodd Jiws ar ei wats mewn syndod.

'Esgob, mi aeth yr awr ginio yna heibio fel y gwynt!'

'Mi fasen ni'n medru cogio na chlywson ni mohoni hi am ein bod ni i lawr yng ngwaelod y cae,' meddai Tanc. Ond roedden nhw wedi gor-ddefnyddio'r esgus hwnnw'n barod.

'Gwna di fel fynnot ti,' meddai Jiws, 'ond mi ydw i mewn digon o strach fel mae hi!'

Casglodd y ddau eu pethau at ei gilydd a'i chychwyn hi'n frysiog tua'r drws ym mhen pella'r iard.

'Dwyt ti ddim wedi egluro am y ditectifs 'na'r bore 'ma,' chwythodd Tanc â'i wynt yn ei ddwrn.

'Roeddwn i wedi gorfod rhoi fy enw i'r sarjiant dros y ffôn ddoe ac felly roedden nhw'n gwybod lle i gael hyd i mi. Isio sgwrs oedden nhw i wneud yn siŵr eu bod nhw wedi cael y stori'n iawn a 'mod inna wedi cofio'r manylion i gyd,' meddai Jiws.

'Rhyfedd bod y cyfan mor *hysh hysh*,' meddai Tanc.

'Fydd o ddim os na chaei di dy geg, y lembo!' chwyrnodd Jiws.

Mi gyrhaeddon nhw'r dosbarth a'r hen Danc wedi pwdu braidd oherwydd bod Jiws wedi ateb mor gas. Roedd y ddau fachgen yn fwy aflonydd nag arfer y prynhawn hwnnw, Jiws yn meddwl fel y byddai yntau'n hoffi bod yn dditectif rhyw ddiwrnod, a Tanc yn teimlo'n sâl wrth feddwl am y staeniau gwaed ar ddrws cefn Llys Gwyn. Llusgodd y prynhawn yn ei flaen ac roedd pob gwers yn hirach ac yn fwy diflas nag arfer. Am hanner awr wedi tri saethodd y bechgyn allan o'r adeilad fel bwledi.

'Blincin carchar!' meddai Jiws gan lacio'i dei ysgol gydag ochenaid o ryddhad. 'Oes gen ti lawer o waith cartref heno?'

'Ym . . .' atebodd Tanc â golwg wag yn ei lygaid. Doedd o ddim wedi bwriadu gwneud y gwaith, p'run bynnag.

'Wel, os nad wyt ti'n brysur heno,' meddai Jiws yn gyflym gan weld ei gyfle'n syth, 'beth am i ni fynd i fyny i Lys Gwyn heno i sbecian o gwmpas? Dydi hi ddim yn tywyllu tan wyth.'

'Ti'n meddwl bod hynny'n syniad da?' gofynnodd Tanc yn amheus. 'Be tasai rhywun yn ein gweld ni?'

Ond doedd Jiws ddim yn mynd i roi cyfle i Tanc hel esgusion. Roedd yna rywbeth ar droed yn Llys Gwyn, rhywbeth rhyfedd iawn, ac roedd o'n ysu am gael mynd yn ei ôl yno i fusnesa.

'Alwa i amdanat ti am chwech, ocê?' meddai'n frysiog cyn croesi'r lôn ar wib o flaen ei ffrind a throi'r gornel i gyfeiriad ei gartref.

PENNOD 3

Roedd hi'n hanner awr wedi chwech ar Jiws yn cyrraedd Stad Fron Deg lle'r oedd Tanc yn byw.

'Gymrist ti dy amser,' cwynodd Tanc. 'Chwech o'r gloch ar ei ben ddywedaist ti!'

'Ia, dwi'n gwybod. Mi ges i fy nal, yn do? Gorfod gwneud rhywbeth i Mam.' Doedd Jiws ddim yn mynd i gyfaddef, hyd yn oed wrth ei ffrind gorau, mai'r hyn a'i gwnaeth yn hwyr oedd y ffaith bod ei fam wedi ei sodro o flaen y sinc hefo bocs powdwr golchi a brwsh sgwrio, a'i orfodi i sgwrio coler ei grys ysgol nes bod pob mymryn o'r olion inc wedi diflannu – roedd Jiws wedi cael ffeit beiros hefo Tanc yn y wers Arlunio y diwrnod hwnnw.

'Mi ddylsen ni fod wedi dod ar ein beiciau,' meddai Tanc wedyn. 'Mae hi'n bell i gerdded i Lys Gwyn.'

'Paid â swnian,' meddai Jiws, 'mi wneith y cerdded les i ti. Dydi o ddim mor bell â hynny, a ph'run bynnag, mi fyddai dau feic tu allan i'r tŷ yn tynnu sylw. Dallt?'

Deallai Tanc yn berffaith, ond doedd hynny ddim yn golygu ei fod o'n rhy hoff o'r hyn roedden nhw'n bwriadu ei wneud. Roedd o'n dechrau cael amheuon ynglŷn â mynd i fusnesa o gwmpas tai pobl eraill a hithau'n dechrau nosi. Chwiliodd yn ei boced am rywbeth i'w gnoi.

'Argol! Newydd gael swper wyt ti'r bol!' cyhuddodd Jiws yn chwareus wrth weld ei ffrind yn bwyta unwaith eto.

'Nerfau,' atebodd Tanc. 'Pan dwi'n nerfus, dwi'n bwyta lot.'

'Mae'n rhaid dy fod ti'n nerfus yn aml, felly!' chwarddodd Jiws. 'Gwylia di dy hun; chei di byth gariad os nad edrychi di ar ôl dy ffigwr!'

'Hy! Lol i gyd! Mae rhai genod yn lecio hogia mawr cryf i edrych ar eu holau nhw. Sbia ar Leri Bach. Mi oedd hi wedi gwirioni'i phen amdana i yn y disgo tymor diwethaf!'

'Mae Leri Bach yn gwisgo sbectol fel gwaelod pot jam!' meddai Jiws. 'Ac mi roedd hi'n dywyll yn y disgo!'

'Be ydan ni'n mynd i'w wneud ar ôl cyrraedd

Llys Gwyn, beth bynnag?' holodd Tanc, gan droi'r stori mor gyflym ag y gallai oddi wrth un o hoff destunau Jiws, sef mynd allan hefo genod. Roedd y pwnc hwnnw'n un sensitif iawn yn hanes Tanc ar hyn o bryd. Nid atebodd Jiws. Y gwir amdani oedd nad oedd ganddo ateb i gwestiwn ei ffrind. Doedd o ddim wedi meddwl cyn belled â hynny. Turiodd ei ddwylo'n ddyfnach i bocedi ei siaced. Roedd yna rywbeth rhyfedd yn mynd ymlaen i fyny tua Llys Gwyn. Gallai deimlo'r peth ym mêr ei esgyrn. Ond rhywsut ni allai egluro'i deimladau.

'Wel?' chwythodd Tanc. 'Be ydan ni'n mynd i'w wneud?'

Edrychodd Jiws ar ei ffrind a chafodd gryn drafferth i'w atal ei hun rhag chwerthin am ei ben. Roedden nhw wedi cerdded i ben Allt Stesion erbyn hyn ac roedd tafod Tanc druan bron iawn allan ar ei frest o fel ci defaid ar ei bensiwn, ac roedd ei wyneb o'n fflamgoch.

'Wyt ti isio stopio i gael dy wynt atat?'

'Na, na, dwi'n iawn,' meddai Tanc yn ddewr. Roedd ganddo yntau ei falchder. Roedd ganddo gywilydd ohono'i hun, yn ddistaw bach, am ei fod o'n blino mor hawdd. Roedd ei daid, hyd yn oed, yn gallu cerdded yn weddol sionc i fyny Allt Stesion heb wneud llawer o niwed iddo'i hun – ac roedd hwnnw'n saith deg tri ac yn smocio deugain sigarét bob dydd! O leiaf, dydw i erioed wedi smocio, meddyliodd Tanc wrtho'i hun – ar wahân i ddau stwmp tu ôl i'r gampfa'r bechgyn dair wythnos yn ôl er mwyn sgwario o flaen Leri Bach. Ond go brin y byddai hynny wedi effeithio ar ei ysgyfaint i'r fath raddau. Efallai bod byw yn yr un tŷ â'i daid ers blynyddoedd wedi cael effaith arno! Cofiodd Tanc am lun a welodd mewn pamffled ar smocio yn yr ysgol, llun dyn yn smocio 'n drwm a'r mwg yn dod allan o'i geg a'i drwyn – a hyd yn oed ei glustiau – yn gymylau mawr llwyd. Roedd dyn arall yn eistedd wrth ei ochr, yn amlwg yn anadlu mwg ei ffrind, ac roedd gan hwnnw gorn simdde'n tyfu o dop ei ben. 'Ysmygwr goddefol' oedd y dyn arall, meddai'r pamffled, yn cael ei orfodi i anadlu mwg pobl eraill. Fel yna ydw i, meddyliodd Tanc.

Arswydodd wrth feddwl am ddrwg-effeithiau smocio ei daid arno ers deuddeng mlynedd – pedair mil, tri chant ac wyth deg o ddyddiau – a'u lluosi hefo'r deugain sigarét y dydd y smociai Taid – dyna dros gant saith deg pump o filoedd o smôcs . . .

'Hei, ti'n ddistaw iawn!' meddai Jiws. 'Be sy ar dy feddwl di?'

'Be sy ar fy sgyfaint i, ti'n feddwl!' meddai Tanc yn brudd.

'Be?'

'Ysmygwr goddefol ydw i, te? O achos Taid,' meddai Tanc. Gwelodd y niwl yn llygaid ei ffrind ac eglurodd yn araf ac yn garedig, fel petai o'n siarad â rhywun ofnadwy o ddwl: 'Dyna'r rheswm pam dwi'n colli fy ngwynt mor hawdd – oherwydd fy mod i'n smociwr goddefol, yn gorfod anadlu mwg pobl eraill.'

'Paid â mwydro,' meddai Jiws. 'Bwyta goddefol ydi dy broblem di – bwyta bwyd pobl eraill!' A chyn i Tanc gael amser i hel ei feddyliau er mwyn ymosod ar ei ffrind, gwibiodd Jiws o'i gyrraedd a rhuthro ar draws y lôn at y palmant ar yr ochr arall. Roedden nhw ar gyrion y dref erbyn hyn. Ymhen rhyw hanner canllath daeth y palmant i ben ac roedd yn rhaid i'r bechgyn gerdded ar hyd y lôn bost. Cyn hir daethant i olwg ffatri fechan 'Sebon a Sent', adeilad isel, hirsgwar wedi'i baentio'n wyn. Roedd y giatiau mawr ym mhen y dreif wedi'u cloi a'r maes parcio'n hollol wag. Doedd dim golwg o'r un enaid byw. Stopiodd Jiws o flaen y giatiau a darllenodd Tanc yr arwydd ar un ohonyn nhw mewn llythrennau breision, coch: PREIFAT. DIM MYNEDIAD.

'Wel, mae hynny'n wir,' meddai Tanc ar ôl darllen yr arwydd. 'Mae hi'n breifat iawn yma. Does dim tai eraill o gwmpas.'

'Ar wahân i Lys Gwyn, wrth gwrs, tŷ perchennog y lle 'ma,' meddai Jiws. Pwyntiodd at y tro yn y lôn. 'Dim ond rownd y gornel rŵan ac mi fyddan ni yna. Tyrd!'

Arweiniodd Jiws y ffordd a Tanc yn ei ddilyn fel ci mawr ufudd. Roedd Llys Gwyn reit ar ochr y lôn, tŷ mawr wedi'i amgylchynu â wal gerrig isel. Arweiniai'r llwybr llydan at ddrws ffrynt derw. Roedd pob man yn ddistaw fel y bedd.

'Tyrd,' meddai Jiws, 'i ti gael gweld y cefn.'

Taflodd Tanc gipolwg sydyn dros ei ysgwydd. Doedd o ddim yn siŵr ynglŷn â hyn i gyd; nac oedd, doedd o ddim yn siŵr o gwbl! Torrwyd ar y distawrwydd gan sŵn traed y bechgyn yn crensian ar hyd y llwybr gro mân. Roedd yna lwybr arall ger ochr y garej yn arwain at gefn y tŷ. Meddyliodd Tanc am ddisgrifiad Jiws o'r gwaed ar hyd y drws, a disgwyliai weld golygfa debyg i rywbeth mewn ffilm arswyd. Caeodd ei lygaid yn dynn.

'Be sy'n bod arnat ti'r twpsyn?' sibrydodd Jiws yn ei glust yn sydyn. 'Oes arnat ti ofn gweld bwgan?'

Agorodd Tanc ei lygaid yn araf fesul un. A theimlodd ryddhad mawr. Doedd drws cefn Llys Gwyn ddim mor wahanol i unrhyw ddrws cefn arall, dim ond bod rhywun wedi hoelio darn o bren dros y chwarel wydr a falwyd. Doedd yna ddim olion gwaed chwaith. Edrychodd Tan yn syn ar ei ffrind.

'Does 'na ddim olion gwaed yma rŵan,' meddai'n amheus.

'Wel, nac oes siŵr! Mae'r heddlu wedi clirio'r llanast, yn do?' meddai Jiws yn bigog. 'Dwyt ti ddim yn meddwl fy mod i wedi bod dweud celwydd, gobeithio?'

Rhoddodd Tanc beth-da arall yn ei geg yn feddylgar. Doedd o ddim yn siŵr a oedd o'n falch ynteu'n siomedig. Roedd yn falch nad oedd yna ddim byd peryglus yn eu hwynebu wedi'r cyfan. Eto i gyd, ar ôl cerdded yr holl ffordd i Lys Gwyn, roedd o wedi disgwyl gweld rhywbeth dipyn mwy diddorol na drws ffrynt wedi'i orchuddio â darn o bren. Yna, yn ystod yr eiliadau nesaf, digwyddodd pethau mor sydyn fel na chafodd yr un o'r ddau fachgen amser i feddwl.

'Sŵn car!' sibrydodd Jiws yn wyllt.

'Be? Lle?' gwichiodd Tanc ac yn ei ddychryn mi lyncodd y peth-da yn gyfan. Teimlodd law Jiws yn gafael yn frysiog ynddo ac yn ei wthio'n ddiseremoni tu ôl i glwstwr o lwyni rododendron.

'Cau dy geg a bydd ddistaw!' rhybuddiodd Jiws yn isel yn ei glust.

'Be ti'n feddwl ydw i? Ffŵl? A rhag ofn na wnest ti ddim sylwi, mi wyt ti newydd boeri i 'nghlust i!' atebodd Tanc yn flin. Roedd y peth-da lemon yn dal i fod yn sownd yn ei wddw a phrin y gallai anadlu. Ond fe gaeodd ei geg yn ufudd a swatio'n is i ganol y llwyni. Erbyn hyn roedd y ddau ohonynt o'r golwg yn llwyr. Trwy'r dail gwelsant fan las yn tynnu i mewn i'r dreif ac yn parcio o flaen y tŷ. Daeth y gyrrwr allan o'r fan – dyn tal, tenau, pryd tywyll mewn jîns a chrys chwys du. Roedd o'n amlwg ar frys – roedd o wedi gadael injan y fan i droi. Roedd hi'n amlwg hefyd ei fod yn adnabod ei ffordd o gwmpas Llys Gwyn. Clywodd y bechgyn sŵn ei draed yn dod i fyny'r llwybr ac i gefn y tŷ.

Teimlodd Jiws ei stumog yn rhoi tro. Wrth lwc, roedd y ddau ohonynt wedi llechu'n ddigon isel tu ôl i'r tyfiant gwyrdd ac roedd Tanc wedi cuddio'i wyneb yn ei ddwylo. Ond roedd Jiws yn dal i sbecian drwy'r dail ar y dyn. Ni allai dynnu'i lygaid oddi arno. Rhedodd y dieithryn yn ysgafn at ddrws y garej, lle safai potyn blodau mawr trwm. Taflodd olwg sydyn dros ei ysgwydd cyn codi'r potyn a'i symud i un ochr. Oddi tano roedd amlen frown. Cydiodd y dyn yn yr amlen a'i stwffio'n flêr i boced ei jîns cyn symud y potyn blodau'n ôl i'w le a rhuthro i gyfeiriad y fan. Roedd y cyfan drosodd mewn chwinciad.

'Ydi o wedi mynd?' sibrydodd Tanc yn grynedig ar ôl clywed y fan yn tynnu allan o'r dreif.

'Ydi,' meddai Jiws. 'Welaist ti be ddaru o?'

Ysgydwodd Tanc ei ben. Roedd arno eisiau mynd adref.

'Sut fath o dditectif wyt ti, dywed, yn cau dy lygaid fel'na . . .'' Yna stopiodd yn stond a throi at ei ffrind â'i lygaid ar agor yn fawr.

'Tanc!' meddai'n uchel. 'Tanc! Dwi newydd sylweddoli rhywbeth!'

'Be?' gofynnodd Tanc, er nad oedd o'n siŵr iawn a oedd arno eisiau gwybod.

'Dwi wedi gweld y dyn yna o'r blaen!'

Tra roedd Jiws yn siarad, dechreuodd ffôn ganu yn rhywle ym mherfeddion y tŷ.

PENNOD 4

'Dwi'n credu y dylen ni anghofio'r cwbl am y peth a chadw'n glir o'r tŷ 'na!' Roedd holl ddigwyddiadau'r noson cynt yn dal i fflachio drwy feddwl Tanc.

'Ond y dyn 'na!' meddai Jiws. 'Dwi'n bendant fy mod i wedi'i weld o o'r blaen!'

'Dychmygu pethau wyt ti,' atebodd Tanc gan dynnu lwmp o gwm cnoi pinc o'i geg a'i lynu'n gelfydd o dan y ddesg. 'Roeddwn i'n falch o gael ei heglu hi o'r Llys Gwyn 'na neithiwr, beth bynnag! Mi ddywedais i nad oedd gynnon ni ddim hawl i fod yn prowla o gwmpas, yn do? Mi fu bron i ni gael ein dal!'

'Ond gan bwy?' meddai Jiws, yn cnoi pen ei feiro'n feddylgar. 'Gan bwy, dyna'r cwestiwn. Pwy oedd y dyn 'na neithiwr hefo'r fan las? Pwy oedd wedi gadael yr amlen iddo fo o dan y potyn blodau? Be oedd yn yr amlen?'

'Efallai mai'r dyn llefrith oedd o,' cynigiodd Tanc, 'wedi dod i nôl ei bres.'

'Na, dwi'n nabod Jac Llefrith. Nid y fo

oedd o. Ac roedd hwn yn ymddwyn yn rhyfedd, fel petai arno ofn i rywun ei weld o.'

'Doedd o ddim yn ymddwyn yn rhyfeddach na ni,' grwgnachodd Tanc, 'yn gorwedd ar ein boliau tu ôl i'r llwyni 'na! Roeddwn i'n teimlo fel lembo!'

'Ac yn edrych fel lembo hefyd!' meddai Jiws yn slei, ac yn lle ateb anelodd Tanc gic at goes ei ffrind o dan y ddesg. Dechreuodd y ddau bwffian chwerthin.

'Iwan Huws! Derfel Jones! Chwarae'n wirion eto heddiw!' rhuodd Parri Pry o du blaen y dosbarth. 'Derfel! Tyrd â dy lyfr yma i mi gael gweld faint o waith rwyt ti wedi'i wneud!'

Agorodd Tanc ei geg fel pysgodyn. Roedd o wedi llwyddo i ysgrifennu 'Gwaith Dosbarth' a'r dyddiad ar dop ei dudalen – a dyna'r cyfan. Petrusodd.

'Rŵan, Derfel! Y funud yma!'

Cododd Tanc yn anfodlon a'i lyfr Mathemateg yn ei law. Baglodd yn syth ar draws ei fag a chwarddodd y dosbarth yn uchel.

'Distawrwydd, 8B! Ydach chi'n cofio'r hyn ddigwyddodd ddoe?' cyfarthodd Parri Pry.

Oedd, roedd pawb yn cofio. A doedd yr atgof ddim yn un melys. Distawodd y plant. Cyrhaeddodd Tanc ddesg yr athro â'i wyneb fel tomato. Edrychodd Alwyn Parri ar y llyfr Mathemateg ac yna ar y bachgen a safai o'i flaen.

'Wel, wel!' meddai, a dechreuodd guro'r ddesg â blaenau'i fysedd. Crynodd Tanc. Pan oedd Parri Pry yn dweud 'Wel, wel!' ac yn drymio'r ddesg, roedd hi'n bryd i ddechrau poeni. Cydiodd yr athro yn y llyfr a'i ddal rhwng ei fys a'i fawd fel pe bai'n rhywbeth annymunol a lusgwyd i mewn gan y gath.

'Faset ti mor garedig, Derfel, ag egluro i mi ac i weddill y dosbarth beth yn union ydi – HWN?'

'Ll . . . llyfr . . . m . . . m . . . llyfr Mathemateg . . . fy llyfr Maths i, S . . . S . . . Syr!' sibrydodd Tanc.

'Dy lyfr Mathemateg di, Derfel? Wyt ti'n siŵr?'

'Y . . . y . . . ydw, Syr!'

'Wel, dwi'n siŵr mai ti ydi'r unig un sy'n medru'i nabod o, Derfel. Prin y medra i ddarllen dy enw di ar y clawr yng nghanol yr holl . . . yr holl graffiti 'ma. Ia, Derfel. Graffiti!' Poerodd Parri Pry'r gair fel pe bai o wedi cael blas drwg yn ei geg wrth ei ddweud o. 'Mae hwn yn debycach i ddrws lle chwech nag i glawr llyfr!'

Symudodd Tanc ei bwysau'n anniddig o un droed i'r llall. Roedd o'n chwys domen ac roedd y *Mars Bar* yn ei boced yn dechrau toddi. Am wastraff, meddyliodd yn drist, wrth i'w fysedd suddo'n araf i'r siocled gludiog.

'Tynn dy law o dy boced!'

Roedd Tanc yn falch o ufuddhau am unwaith. Edrychodd Parri Pry'n fwy manwl ar yr ymdrechion artistig ar glawr y llyfr o'i flaen.

'Dyma un diddorol,' meddai. 'TANC A LERI BACH. Trŵ lyf!'

O, na, meddyliodd Tanc, mae o'n ei ddarllen o'n uchel. Rydw i isio marw! Aeth

37

Parri yn ei flaen: 'Jiws rŵls OK.' Cododd ei ben ac edrych i gyfeiriad Jiws, a oedd erbyn hyn yn teimlo'n anesmwyth iawn ei hun. 'Rydw i'n cymryd mai chdi ydi'r enwog "Jiws", Iwan? Mi wyt titha'n sgwennu ym mhob man ond yn y lle dylet ti! O, aros, mae yma fwy amdanat ti. "JIWS LYFS CARYS CYRLS"!'

Roedd pawb yn y dosbarth yn gwenu'n llydan erbyn hyn, yn enwedig pan drodd Parri Pry at ferch fach benfelen a eisteddai yn y tu blaen a dweud:

'Bobol Annwyl, Carys Elen. A finnau'n arfer meddwl dy fod ti'n eneth fach gall.

Mae'n debyg mai syrthio mewn cariad hefo dy gyrls melyn di ddaru o. Rydan ni i gyd yn gwybod rŵan pam nad ydi Iwan Huws yn gallu canolbwyntio ar ei syms!'

Taflodd Carys Cyrls gipolwg sydyn dros ei hysgwydd i gyfeiriad Jiws ac roedd hi'n edrych fel pe bai hi wedi hoffi ei dagu'n sych yn y fan a'r lle am godi'r fath gywilydd arni. Gwingodd yntau yn ei sedd a rhoi gweddi fach dawel am i'r gloch ganu a rhoi diwedd ar bethau. Ochneidiodd. Mae'n debyg y byddai hyn yn ddiwedd arno yntau a Carys Cyrls hefyd. Nid bod yna fawr o ddim wedi dechrau rhyngddyn nhw eto – doedd cerdded o gwmpas iard yr ysgol hefo'i gilydd unwaith ddim yn cyfrif fel dêt rhywsut. Ond roedd gan Jiws obeithion mawr ynglŷn â'i berthynas â Carys, yn enwedig gan fod disgo Blynyddoedd Saith, Wyth a Naw yn cael ei gynnal ymhen yr wythnos. Ofnai bod geiriau'r athro Mathemateg wedi chwalu'i freuddwydion yn racs. Roedd Parri Pry yn dal i draethu:

'Wel, Derfel. Ac Iwan. Mae'n amlwg eich

bod chi'n fechgyn rhamantus dros ben, yn ôl yr holl luniau calonnau 'ma! Felly erbyn fory mi gewch chi ysgrifennu stori garu fach neis bob un i mi – yn ogystal â chopio'r gwaith y dylech chi fod wedi'i wneud yn ystod y wers hon.'

Er mawr ryddhad i Tanc, a oedd bron â llewygu gan gywilydd, canodd y gloch. Roedd yr hunllef drosodd. Llifodd y plant allan yn swnllyd, gydag ambell un yn edrych yn slei arno wrth stwffio heibio i ddesg yr athro. Jiws oedd yr olaf i godi o'i sedd, gan ddiolch yn ddistaw bod Carys Cyrls wedi mynd allan o'i flaen. Doedd o ddim yn teimlo fel ei hwynebu hi'n syth ar ôl hyn i gyd. Daliodd ei law allan i estyn am y papur ysgrifennu gan Parri Pry ac yna baglodd ef a Tanc i gyfeiriad y drws.

'O, gyda llaw,' galwodd yr athro ar eu holau, 'gofalwch eich bod chi'ch dau'n aros gartref heno i orffen yr holl waith 'na, yn lle galifantio o gwmpas y dre 'ma!'

Dihangodd y ddau gyfaill yn ddiolchgar o'r diwedd.

'Glywaist ti hynna?' meddai Tanc. 'Mae'n rhaid ei fod o wedi'n gweld ni allan neithiwr.'

'Dim ots amdano fo!' meddai Jiws â mellt yn ei lygaid, 'nac am ei hen stori wirion o chwaith!' Lluchiodd y papur ysgrifennu i'r bin sbwriel agosaf a syllodd ei ffrind arno'n syfrdan.

'Fedri di ddim gwneud peth fel 'na!'

'Mi ydw i newydd wneud, yn do?' Roedd Parri Pry wedi gwneud sbort am ei ben o flaen Carys o bawb ac roedd hynny'n anfaddeuol.

Cerddodd y ddau'n hamddenol i'r labordy, er eu bod ddeng munud yn hwyr i'r wers Wyddoniaeth. Sleifion nhw i'w seddau wrth ymyl y drws. Roedd Test Tiwb yn brysur yn nôl offer o'r stordy, ac am unwaith chawson nhw ddim ffrae. Roedd y bechgyn yn eitha hoff o Test Tiwb, sef Arwel Tomos, yr athro Gwyddoniaeth. Dyn bach crwn, addfwyn oedd o ac roedd ei amynedd yn ddi-ben-draw. Pur anaml y byddai'n colli'i dymer hefo neb. Wnaeth o ddim gwylltio rhyw lawer hyd yn oed pan roddodd Jiws ei gôt wen ar dân yn ystod un o'r gwersi trwy ddal y Bynsen Byrner yn rhy agos. 'Mae damweiniau'n digwydd, 'machgen i,' meddai, a'i fraich yn y sinc mewn dŵr oer hyd at ei benelin. 'Lwcus bod y gôt 'ma wedi cael ei gwneud allan o ddeunydd tew!' Biti na fyddai pob athro mor hawdd i'w drin. Bu Test Tiwb druan, er gwaethaf ei eiriau dewr, yn absennol o'r ysgol am dridiau ar ôl y digwyddiad hwnnw, yn dioddef o sioc, a chawsant athro llanw yn ei le. Athro llanw! Wrth gwrs! Cofiodd Jiws.

'Tanc!' sibrydodd yn wyllt. 'Tanc!'

'Be?' meddai hwnnw â'i feddwl ar bethau pwysicach. Roedd o'n ymbalfalu yn ei fag ac newydd ddarganfod ei fod wedi dod â'i lyfr Ffrangeg i'r wers yn hytrach na'i lyfr Gwyddoniaeth.

'Be oedd enw'r boi 'na gawson ni fel athro llanw yn lle Test Tiwb y tymor diwethaf? Mac-rhywbeth-neu'i-gilydd?'

'MacPherson,' meddai Tanc ar ei union. Roedd o'n un da am gofio enwau pobl.

'Ia, hwnnw!'

'Beth amdano fo?'

'Tanc,' meddai Jiws wedyn â'i lygaid yn fflachio. 'Dyna i ti pwy oedd y dyn 'na neithiwr yn Llys Gwyn. MacPherson, yr athro Gwyddoniaeth!'

PENNOD 5

Roedd hi'n amhosib canolbwyntio ar y wers. Mynnai meddwl Jiws grwydro i Lys Gwyn o hyd. Beth yn y byd oedd yn mynd ymlaen? Yn sydyn daeth ogla rhyfedd i ffroenau Jiws. Yn wir, roedd o'n waeth na rhyfedd. Roedd o'n erchyll. Cymysgedd o ogla bresych, ffa pob wedi llwydo a hen sanau. Claddodd Jiws ei drwyn yn ei grys chwys a gwneud sŵn yn ei wddw fel morfil yn marw!

'Yyychch! Uuwwoô!!!'

'Bobol Mawr, Iwan! Be ar y ddaear sy'n bod?' gofynnodd Test Tiwb mewn braw.

'Tanc, Syr! Mae o newydd . . . yyyy . . . mae o wedi gollwng . . . gwynt o'i ben-ôl!'

Dechreuodd rhai o'r bechgyn chwerthin a dal eu trwynau ac aeth wyneb Tanc yn binc.

'Naddo, Syr! Dim fi oedd o, Syr!' protestiodd Tanc yn wyllt wrth i'r dosbarth chwerthin yn uwch. 'O'r tu allan mae o'n dod!' A phwyntiodd yn gyflym at y ffenest agored.

'Mae o'n deud y gwir, Syr!' meddai Dafydd

Ffarmwr. 'Mae Dad wrthi'n chwalu tail ieir ar y Cae Pella bore 'ma!'

Roedd tad Dafydd yn ffermio'r caeau a oedd yn ffinio caeau'r ysgol ac roedd hi'n amlwg erbyn hyn ei fod o'n dweud y gwir. Dechreuodd Test Tiwb gau ffenestri'r labordy ar frys tra edrychai Tanc druan yn boenus iawn am ei fod o wedi cael y fath gam. Roedd gan Dafydd ei ieir ei hun, a busnes bach reit ddel yn gwerthu wyau i athrawon am ddwybunt y dwsin.

'Sut ma'r ieir yn dodwy gen ti?' gofynnodd yr athro, wedi iddo gau eu hogla nhw allan o'r diwedd. 'Mae hi'n amlwg eu bod nhw'n dda iawn am gynhyrchu . . . ym . . . pethau eraill!'

Chwarddodd y plant eto. Roedd hon yn wers eitha difyr wedi'r cyfan.

45

'Dwi wedi colli tair iâr yr wythnos yma,' atebodd Dafydd yn drist. 'Tair o fy ieir gorau. Rhai duon, *Black Rock*. Mae'n rhaid bod llwynog wedi eu cael nhw.'

Rhyw hanner gwrando oedd Jiws erbyn hyn. Doedd ganddo fawr o ddiddordeb mewn ieir, ddim ac yntau â dirgelwch mawr i'w ddatrys yn Llys Gwyn. Roedd noson y disgo ar feddwl Jiws hefyd. Byddai'n rhaid iddo gyfri ei bres poced er mwyn gweld a oedd ganddo ddigon i brynu crys-T newydd ar gyfer yr achlysur. Roedd hi'n bwysig iawn gwneud argraff dda ar Carys rŵan, yn enwedig ar ôl y wers Fathemateg ofnadwy yna pan gododd Parri Pry y fath gywilydd arno. Edrychodd ar y bwrdd gwyn a thrio canolbwyntio. Roedd gwaith ysgol yn mynd i fod yn anodd iawn yr wythnos hon!

PENNOD 6

Daeth nos Iau o'r diwedd. Noson y disgo yn yr ysgol. Roedd Jiws wedi edrych ymlaen ers dyddiau, ond rŵan bod yr amser wedi dod roedd o'n andros o nerfus. Dyma'r noson fawr bwysig pan oedd o'n mynd i ofyn i Carys Cyrls ddawnsio hefo fo! Carys a'i llygaid mawr glas a'i gwallt modrwyog, melyn! Carys a oedd yn cefnogi Man U, yn hoffi cyrri cyw iâr, yn casglu sticeri pêl-droed ac yn gwylio'r Simpsons! Yr eneth berffaith! Roedd hi'n hoffi'r un pethau â fo, yn gwylio'r un rhaglenni teledu, yn bwyta'r un bwyd – ac roedd hi'n glyfar. Gallai ei helpu gyda'i waith cartref Mathemateg . . .!

'Jiws? Jiws! J – î – î – î – ws!'

Bu bron i Jiws ddisgyn oddi ar ei gadair yn ei ddychryn.

'Tanc! Oes raid i ti sgrechian yn fy nghlust i fel'na?'

'Oes, yn enwedig pan wyt ti'n gwrthod gwrando arna i'n siarad hefo chdi!' cwynodd

Tanc yn biwis. Roedd Jiws mewn breuddwyd, roedd hynny'n amlwg i unrhyw un!

'Be ti'n feddwl?' gofynnodd Jiws, ond roedd o wedi dechrau cochi at ei glustiau'n barod. Gwyddai'n iawn beth oedd Tanc yn mynd i'w ddweud nesa.

'Dwyt ti'n gwneud dim byd ond breuddwydio am Carys Cyrls a'r disgo!' meddai Tanc yn ddireidus.

'Does gen i ddim llawer o obaith hefo Carys ers i Parri Pry godi cywilydd arni yn y dosbarth o f'achos i,' meddai Jiws yn drist.

'Paid â bod yn wirion!' meddai Tanc. 'Mae hi'n meddwl dy fod ti'n goblyn o gês!'

'Sut wyt ti'n gwybod?' gofynnodd Jiws.

'Mi ddywedodd Leri Bach wrtha i,' meddai Tanc yn gyfrinachol. 'Tyrd, mi awn ni i wneud ein hunain yn barod neu mi fyddan ni'n hwyr!'

Roedd Tanc yn aros yn nhŷ Jiws y noson honno er mwyn i fam Jiws allu eu danfon i'r disgo. Jîns glas golau ddewisodd Jiws, a'i grys-T Adidas newydd glas a gwyn. Jèl yn ei wallt wedyn nes ei fod o'n edrych fel draenog sgleiniog, a chadwyn am ei wddw, ac roedd o'n barod. Gwisgodd Tanc ddillad reit debyg, ond trowsus loncian hefo lastig o gwmpas ei ganol oedd ganddo fo. Roedd ei jîns wedi mynd yn rhy dynn ar ôl cael eu golchi mewn dŵr rhy boeth, medda fo. Gormod o fwyta siocled oedd yn gyfrifol am y jîns tyn, meddyliodd Jiws, ond ddywedodd o ddim byd. Roedd Tanc yn ffrind da a doedd o ddim am frifo'i deimladau o. Os oedd bol Tanc yn fawr, roedd ei galon yn fawr hefyd. Oedd, roedd o'n ffrind rhy dda i'w golli.

Ar ôl chwistrellu eu hunain hefo persawr Lynx tad Jiws, roedd y ddau'n disgwyl yn ddiamynedd i Mrs Huws fynd i nôl goriadau'r car.

'Mam!' gwaeddodd Jiws.

'Misus Huws!' gwaeddodd Tanc. 'Lle ydach chi?'

Yn yr ardd oedd mam Jiws, yn siarad dros y ffens hefo Mrs Jones drws nesa. Roedd golwg bryderus ar Mrs Jones ac roedd mam Jiws yn ysgwyd ei phen ac yn dweud pethau fel: 'Diar annwl!' a 'Bechod!' a 'Wel, mi fydda i'n siŵr o gadw llygad,' a rhyw bethau felly.

'Be sy'n bod, Mam?' gofynnodd Jiws pan oedden nhw yn y car o'r diwedd ac yn barod i gychwyn.

'Mae cath drws nesa ar goll,' meddai ei fam. 'Dydi Mrs Jones ddim wedi ei gweld hi ers dau ddiwrnod. Mi gafodd hyd i'w choler chwain hi yng ngwaelod yr ardd ddoe, ond doedd dim golwg o Swtan druan.'

'Sut gath ydi hi?' gofynnodd Tanc.

'Un fawr ddu,' meddai Jiws. 'Ond nid un ddu lwcus yn ôl pob golwg!'

'Peth rhyfedd iddi beidio dod adra hefyd,' meddai mam Jiws, 'a hithau'n gath mor farus. Dydi hi ddim fel Swtan i fethu pryd bwyd!'

'Mae hi'n reit debyg i chdi, felly, Tanc!' meddai Jiws, gam roi pwniad chwareus i'w ffrind. Sgyrnygu wnaeth Tanc, nid chwerthin. Wrth lwc, roedden nhw wedi cyrraedd yr ysgol ymhen llai na phum munud, neu mi fyddai hi wedi mynd yn sgarmes go iawn rhwng y ddau.

'Reit,' meddai mam Jiws, 'mi fydda i yma am chwarter i naw. Sgynnoch chi bres i gael diod oren a chreision?'

Roedd gan Tanc arian i gael dau baced o greision ond wnaeth o ddim cyfaddef hynny! Er mawr syndod i'r ddau fachgen, roedd Carys Cyrls a Leri Bach fel pe baen nhw'n aros amdanyn nhw tu allan i'r drws.

'Dyna chdi,' sibrydodd Tanc, a'i wyneb crwn yn goleuo fel un o'r lampau oedd wedi dechrau fflachio yn y neuadd lle'r oedd y disgo. 'Mae'n rhaid eu bod nhw'n ein hoffi ni! Maen nhw wedi aros amdanon ni!'

Ac yn wir, roedd hi'n edrych felly hefyd. Safai'r genod tu allan i'r drws yn anwybyddu pawb ond Jiws a Tanc. Roedd Carys yn edrych mor dlws, meddyliodd Jiws. Gwisgai sgert binc a rhywbeth tebyg i flodyn pinc yn ei gwallt, ac roedd ganddi ryw lwch arian yn disgleirio yn ei chyrls hefyd. Ond doedd hi ddim yn edrych yn hapus. A dweud y gwir, roedd golwg ddigalon iawn arni ac roedd olion coch o gwmpas ei llygaid.

'Mae hi wedi bod yn crio,' meddai Leri Bach heb i neb ofyn iddi. Roedd Leri wedi gorfod tynnu'i sbectol er mwyn coluro'i llygaid a doedd hi ddim wedi gallu gweld yn iawn ar y pryd, wrth gwrs. Edrychai fel panda llygaid glas ac roedd Jiws eisiau chwerthin, ond doedd wiw iddo wneud oherwydd fod Tanc yn amlwg yn meddwl ei bod yn edrych fel seren bop! Roedd yn edrych arni mewn edmygedd a'i geg yn agor a chau fel pysgodyn aur. Ond doedd gan Leri ddim amser i wneud llygaid llo yn ôl ar Tanc. Roedd hi'n poeni am Carys.

'Carys! Be sy'n bod?' Gafaelodd Jiws yn ei llaw fach oer gan anghofio popeth am fod yn nerfus ac yn swil. Daliai Tanc i ddynwared pysgodyn aur.

'Cau dy geg, Tanc,' meddai Leri'n sydyn, 'rhag ofn i ti lyncu pry!'

'Pam fod pawb yn pigo arna i?' gofynnodd Tanc yn biwis. Bu bron iddo droi ar ei sawdl a mynd i chwilio am baced o greision i godi ei galon pan ddywedodd Carys mewn llais bach bach:

'O, na! Plîs peidiwch â ffraeo . . .' Ac ar hynny eisteddodd ar y grisiau tu allan, a'i llygaid yn cymylu hefo dagrau.

'Be sy wedi digwydd ta?' gofynnodd Jiws yn bryderus. 'Be yn y byd sy'n bod?'

'H . . . H . . . Hu . . . Huddyg sy wedi diflannu!' meddai Carys rhwng ochneidiau.

'Be – dy chwaer fach di?' gofynnodd Tanc yn methu credu'i glustiau. Edrychodd Leri'n flin arno.

'Naci siŵr! Paid â bod yn wirion. Buddug ydi enw'i chwaer hi. Huddyg ydi enw'r gwningen!' brathodd yn ddiamynedd. Ew, mi oedd Tanc yn medru bod yn ddwl weithiau!

'Mi oedd rhywun wedi agor drws y cwt yn y nos,' meddai Carys drwy'i dagrau. 'Wedi malu'r clo. Mae rhywun wedi ei dwyn hi . . .'

Dechreuodd grio eto a doedd neb yn gwybod beth i'w ddweud nes i Tanc ofyn, braidd yn betrus: 'Pa liw oedd hi?'

Mi fasai'n well iddo fod wedi cau ei geg. Edrychodd Leri'n fwy blin fyth arno nes bod ei llygaid panda'n goleuo mellt.

'Piws hefo sbotiau melyn! Pa liw ti'n feddwl ydi huddyg, y lembo?'

Edrychodd Jiws i gyfeiriad Tanc a sibrwd: 'Huddyg ydi'r stwff du 'na sy yn y simdda ar ôl i bobol wneud tân, Tanc!'

Cododd Carys ei llygaid ac edrych ar Tanc.

'Cwningen ddu ydi Huddyg, Tanc,' meddai'n garedig. 'Dyna sut cafodd hi ei henw, yli.' Doedd dim rhaid i Leri fod mor gas hefo ffrind gorau ei chariad newydd. 'Paid â bod fel'na, Leri. Cael hyd i Huddyg sy'n bwysig rŵan.'

Chwarae teg iddi, meddyliodd Jiws, yn amddiffyn Tanc fel'na. Penderfynodd yn y fan a'r lle y byddai'n cael hyd i Huddyg y gwningen, doed a ddêl. Unrhyw beth er mwyn cael gweld Carys yn gwenu eto. Roedd ei

geiriau hi'n canu yn ei ben: 'Cwningen *ddu . . .*'
Pam fod hynny'n ei atgoffa o rywbeth?
Ceisiodd feddwl. A chofiodd yn sydyn am gath
ddu Mrs Jones drws nesa. Cath ddu a
chwningen ddu'n diflannu ar yr un noson.
Dyna gyd-ddigwyddiad rhyfedd. Ond mae'n
rhaid mai dyna'r cyfan oedd o. Cyd-
ddigwyddiad. Ac eto, roedd yna rywbeth od yn
y ffaith fod dau anifail anwes du wedi diflannu.
Yna cofiodd yn sydyn fod ieir Dafydd Ffarmwr
wedi mynd hefyd – a rhai duon oedd y rheiny!

Gallai Jiws deimlo ym mêr ei esgyrn fod
yna rywbeth rhyfedd iawn, iawn yn digwydd
yn nhref Rhos Hir.

PENNOD 7

Roedd diwrnod cyfan wedi mynd heibio ers noson y disgo, a doedd dim golwg byth o Huddyg y gwningen. Doedd Swtan, cath Mrs Jones drws nesa, ddim wedi dod i'r fei chwaith. Cododd Jiws yn gynnar y bore hwnnw er mwyn gwneud ei rownd bapur. Roedd o wedi bod yn cynilo'i arian ers misoedd a byddai ganddo ddigon yn reit fuan i brynu ffôn symudol fel un Tanc. Rhwbiodd y cwsg o'i lygaid. Roedd meddwl am y ffôn yn ei gwneud hi'n haws deffro am chwech yn y bore!

Wrth iddo bwyso'i feic yn erbyn ffenest y siop bapurau newydd, sylwodd bod cerdyn newydd yn y ffenest lle'r oedd pobl yn hysbysebu fod ganddyn nhw bethau i'w gwerthu. Ond nid cerdyn AR WERTH oedd hwn. Craffodd Jiws arno. Mewn pìn ffelt du roedd y geiriau 'AR GOLL' yn serennu oddi ar y cerdyn gwyn. Dechreuodd Jiws deimlo'n anesmwyth. Llyncodd yn galed cyn darllen ymlaen yn ofalus . . .

AR GOLL

Labrador du yn ateb i'r enw <u>Barti</u>.

Gwobr ariannol o £100 i'r sawl a ddaw o hyd iddo.

Ffôn Rhos Hir 12355

Dim ond un gair oedd wedi aros ym meddwl Jiws. Du. Anifail du arall wedi diflannu. Roedd hyn yn cadarnhau ei ofnau i gyd. Roedd y cyfan yn bendant yn fwy na dim ond cyd-ddigwyddiad erbyn hyn. Edrychai Jiws ymlaen at weld Tanc yn nes ymlaen er mwyn cael trafod y peth, ond pan welodd ei ffrind y diwrnod hwnnw mi oedd golwg reit bryderus arno yntau.

'Be sy'n bod, Tanc?' holodd Jiws. Doedd ei ffrind gorau ddim hyd yn oed yn cnoi pethau da. Mae'n rhaid ei fod o'n poeni am rywbeth!

'Nain,' meddai Tanc. 'Bechod . . .'

'Be? Ydi hi'n sâl?'

'Nac'di, ond ti'n cofio'i chi bach hi, Pepi?'

'Pepi'r pŵdl? Ydw, siŵr iawn.'

'Wel, mae rhywun wedi ei ddwyn o neithiwr!'

O, na, meddyliodd Jiws. Dim eto! Pŵdl bach DU oedd Pepi! Roedd hyn yn ddifrifol. Edrychodd ar Tanc mewn braw ac roedd hi'n amlwg erbyn hyn ei fod yntau wedi sylweddoli bod yna rywbeth od ar droed.

'Jiws,' meddai Tanc yn araf. 'Wyt ti wedi sylweddoli mai dim ond anifeiliaid duon sy'n diflannu? Cath Mrs Jones, cwningen Carys, pŵdl Nain . . .'

'Barti'r labrador . . .' ychwanegodd Jiws.

'A hyd yn oed ieir duon Dafydd Ffarmwr!' meddai Tanc.

'Yn hollol. Mi oedd Dafydd yn cwyno ddoe nad oedd o'n gallu gwerthu cymaint o wyau ag arfer!'

Trodd Jiws y gwm pinc yn ei geg tra oedd o'n pendroni. Ceisiodd chwythu bybl, a methu. Roedd y cyfan yn ddirgelwch. Doedd dim dwywaith ynglŷn â hynny. Roedd anifeiliaid duon Rhos Hir yn diflannu fesul un, a chwningen Carys yn eu plith. Meddyliodd Jiws amdani'n torri'i chalon ar noson y disgo. Roedd o wedi addo'i helpu i gael hyd i Huddyg.

Ond sut oedd gwneud hynny? Efallai bod angen mynd yn ôl at yr heddlu. A fyddai Sarjant Greaves yn fodlon eu helpu, tybed?

Dim ond un ffordd oedd yna i ddarganfod yr ateb i hynny.

PENNOD 8

Roedd Sarjant Greaves yn ddyn mawr clên, a
phe bai ganddo farf, mi fyddai'n andros o
debyg i Siôn Corn. Bwyta'i frechdanau yn ei
swyddfa oedd o pan gyrhaeddodd Tanc a Jiws
orsaf heddlu Rhos Hir. Canodd Jiws y gloch ar
y cownter uchel, hir a daeth Sarjant Greaves
o'r cefn gan chwalu briwsion yn frysiog oddi
ar flaen ei iwnifform.

'Be sy, hogia?' gofynnodd yn ei lais dwfn.
'Ddim wedi bod yn dwyn afalau neu'n stwffio
tatws i fyny egsôsts ceir eto, gobeithio?'

'Pwy, ni?' gofynnodd Jiws gan wneud ei
wyneb angel ar Sarjant Greaves. Doedd hynny
ddim mor hawdd i Tanc. Aeth yn goch fel ei
grys Man U wrth gofio'r drygau'r oedd o wedi
eu gwneud yn y gorffennol.

'Wel, sut fedra i'ch helpu chi, ta, hogia?'

'Mae 'na ddirgelwch yn Rhos Hir, Sarjant,'
meddai Jiws mewn llais cyfrinachol.

'Oes. Dirgelwch yr Anifeiliaid Duon,'
ychwanegodd Tanc.

'Nefi blŵ!' meddai Sarjant Greaves.

'Naci, du!' meddai Jiws yn gyflym. 'Mae 'na rywun yn dwyn holl anifeiliaid duon Rhos Hir!'

Eglurodd y bechgyn beth oedd wedi digwydd i Carys, a Mrs Jones, a nain Tanc. Soniodd Jiws am y cerdyn yn ffenest y siop bapurau newydd ynglŷn â Barti'r labrador du. Dywedodd Tanc fod ieir duon yn diflannu oddi ar ffermydd hefyd.

Crafodd Sarjant Greaves ei fwstásh mawr ac ysgwyd ei ben.

'Wel, wir, hogia, mae'r cyfan yn swnio'n rhyfedd iawn, ond does 'na ddim llawer fedra i ei wneud heblaw cadw llygad amdanyn nhw.'

'Ond Sarjant . . .'

'Gwrandwch, hogia. Arhoswch am ychydig bach eto cyn bod yn fyrbwyll. Mae cŵn a chathod yn mynd i grwydro o hyd, ond yn aml iawn mi fyddan nhw'n dod adra'n ôl ymhen rhyw ddiwrnod neu ddau.'

'Ond beth am gwningod?' gofynnodd Jiws yn ddigalon.

Ddywedodd y Sarjant ddim byd. Yn ddistaw bach roedd o'n ofni efallai bod ci neu gath wedi mynd â chwningen Carys, ond doedd o ddim eisiau torri calonnau'r bechgyn. Yn lle hynny, meddai wedyn:

'Amynedd, hogia bach. Gewch chi weld. Mi fydd yr anifeiliaid coll yn siŵr o ddod adra yn y man. Peidiwch â gor-ymateb rŵan!' Ac aeth Sarjant Greaves yn ôl at ei banad cyn iddi oeri.

Er mor glên oedd o, doedd ganddo fawr o ddiddordeb y diwrnod hwnnw mewn cathod a chwningod yn mynd ar goll. Pe bai yna gwningen yn gyrru car drwy Ros Hir gan fynd yn gyflymach na thri deg milltir yr awr, wel, mater arall fyddai hynny, wrth gwrs, a phe bai cŵn a chathod yn cael rasys moto-beics drwy'r stryd, byddai'n eu harestio'n syth!

'Be wnawn ni rŵan?' gofynnodd Tanc. Roedd yr holl ddirgelwch yn ei wneud yn llwglyd. 'Ti isio mynd i brynu sglodion? Mae hi bron yn amser cinio.'

Hanner awr wedi deg yn y bore oedd hi, ond doedd Jiws ddim yn gallu canolbwyntio ar eiriau Tanc. Pe bai o'n gwneud hynny mi fyddai wedi dweud wrtho am gau ei geg ac anghofio am ei fol am dipyn. Yn hytrach, roedd o'n pendroni ynglŷn â diflaniad yr anifeiliaid. Doedd o ddim yn cytuno â Sarjant Greaves. Doedd yr anifeiliaid yma ddim am ddychwelyd ar eu pennau eu hunain. Roedd rhywun wedi eu dwyn. Ond pwy? A sut? Ac yn bwysicach na dim, sut oedd o, Jiws, yn mynd i ddatrys y dirgelwch a dod â gwên yn ôl i wyneb Carys, ei gariad, unwaith yn rhagor?

PENNOD 9

Nos Sul oedd hi. Saith o'r gloch. A doedd Jiws byth wedi gorffen ei waith cartref Cymraeg. Eisteddai wrth ei ddesg yn ei stafell wely yn cnoi'i feiro ac yn astudio'r papur wal am na allai feddwl sut i gychwyn. Ei dasg oedd ysgrifennu ymson anifail.

Roedden nhw wedi darllen rhywbeth trist iawn yn y wers ddydd Gwener am gwningen oedd wedi marw a mynd i'r nefoedd ar ôl cael ei defnyddio mewn arbrofion gwyddonol. Roedden nhw wedi rhoi siampŵ yn ei llygaid ac ati er mwyn gwneud yn siŵr bod y cemegion ynddo'n saff ar gyfer pobol. Sylwodd Jiws ar y dagrau yn llygaid Carys ar ôl iddyn nhw ddarllen y stori. Roedd hi'n meddwl am Huddyg, mae'n siŵr. Ond nid Carys yn unig oedd yn drist. Roedd y stori wedi cael effaith ar y dosbarth i gyd. Peth ofnadwy oedd o, meddyliodd Jiws. Arbrofi ar anifeiliaid diniwed, dim ond er mwyn i bobol gael defnyddio sebon a sent heb boeni . . .

Sebon a Sent! Wrth gwrs! Gwelai Jiws y cyfan yn glir fel pe bai rhywun wedi rhoi golau ymlaen yn ei ben. Sebon a Sent oedd enw'r ffatri golur a sebon ar gyrion Rhos Hir. Ffatri'r dyn a oedd yn byw yn Llys Gwyn, lle gwelodd Jiws yr holl bethau rhyfedd yn digwydd. Cofiodd am MacPherson, yr athro Gwyddoniaeth. Y fan yn cyrraedd y tŷ. Y staeniau gwaed. Dyna oedd yn digwydd, mae'n rhaid. MacPherson oedd yn dwyn yr anifeiliaid er mwyn arbrofi efo sebon a sent arnyn nhw yn y ffatri! Ac roedd o'n wyddonydd, yn doedd? Byddai'n gwybod sut i gynnal arbrofion. Y dihiryn creulon! Ond pam dwyn anifeiliaid duon yn unig?

Roedd yn rhaid iddo weld Tanc. Rhuthrodd i lawr y grisiau fel pe bai tin ei drowsus ar dân!

'Mam! Rhaid i mi fynd i weld Tanc!'

'Be? Rŵan? Ond mae gen ti ysgol fory a . . .'

'Gwaith cartref, Mam! Dwi angen help! Mae o i fod i mewn bore fory!'

Roedd Jiws yn gwibio allan drwy'r drws a'i fam yn gweiddi ar ei ôl:

'Dwi isio dy weld di'n ôl yn y tŷ 'ma erbyn wyth o'r gloch! Cofia rŵan! Dim eiliad yn hwyrach!'

*   *   *

Gwrandawodd Tanc ar Jiws a'i lygaid yn grwn fel peli golff.

'Mae'n rhaid i ni fynd yno i weld, Tanc!'

'Be? Rŵan? Ond mae hi'n nos Sul ac mae 'na ysgol fory a . . .'

'Taw, wir! Ti'n swnio fel Mam!'

'Ond beth am yr heddlu?' meddai Tanc. 'Mi fasai'n haws dweud wrthyn nhw . . .'

'Gwranda, Tanc. Dydi'r heddlu ddim am wneud dim byd, nac'dyn? Mi glywist ti be ddywedodd Sarjant Greaves. Disgwyl i'r anifeiliaid ddod adra ar eu pennau eu hunain, wir! Wel, dydi hynny ddim yn mynd i ddigwydd, nac 'di? Fedar cwningen ddim dianc o labordy ar ei phen ei hun a dal bws yn ôl adra!'

'Ond dydan ni ddim yn gwybod os mai dyna sydd wedi digwydd, nac ydan?' meddai Tanc. Roedd o wedi dychryn braidd erbyn hyn.

'Dyna pam mae hi'n bwysig i ni fynd i weld,' meddai Jiws. Erbyn hyn roedd hi'n chwarter i wyth. 'Mae gen i gynllun, Tanc.'

'Cynllun?' Roedd coesau Tanc wedi dechrau crynu fel jeli'n barod. Unwaith roedd ei ffrind yn cael chwilen yn ei ben doedd yna ddim troi'n ôl.

'Mi wna i weiddi "ta-ta" a mynd allan o'r tŷ fel taswn i'n mynd adra,' meddai Jiws. 'Wedyn dos ditha'n ôl i fyny'r grisiau i gogio gorffen dy waith cartref. Mi wna i ddisgwyl amdanat ti tra dy fod ti'n dringo allan drwy'r ffenest . . .'

'Be! Ffenest fy stafell wely? Ond fedra i ddim neidio o fanna! Mae o'n rhy uchel!' protestiodd Tanc.

'Paid â bod yn wirion! Mi fedri di afael yn y beipen sy'n dod i lawr o'r landar a . . .'

'Na!' meddai Tanc yn bendant. Doedd

Ymarfer Corff ddim yn un o'i hoff bynciau, yn enwedig y dringo a'r neidio. Doedd o ddim yn bwriadu torri'i goes wrth neidio allan drwy ffenest y llofft i blesio neb!

'Meddylia am yr anifeiliaid,' perswadiodd Jiws. 'Cwningen Carys. Pŵdl dy nain . . .'

'Chdi sydd isio achub y gwningen ddu a bod yn arwr i Carys!' meddai Tanc yn wyllt. 'Heblaw am gwningen ddu Carys Cyrls, faset tithau ddim yn trafferthu i achub anifeiliaid yn y nos chwaith!'

Bu Jiws yn ddistaw am ychydig. Siaradai Tanc rywfaint o wir, wrth gwrs. Ond doedd Jiws ddim am gyfaddef hynny. Ac roedd o'n berffaith gywir ynglŷn ag un peth. Pe gallai Jiws achub Huddyg y gwningen ddu, byddai Carys yn ei addoli am byth. A gorau oll os gallai achub anifeiliaid pawb arall hefyd wrth gwrs. Doedd o ddim eisiau meddwl am unrhyw anifail yn dioddef poen mewn labordy. Ond y gwningen ddu oedd yn bwysig iddo fo. Gwyddai Jiws hefyd na allai wneud dim heb help Tanc, felly doedd dim i'w ennill wrth ei orfodi i wneud pethau. Roedd rhaid trio ffordd arall.

'Meddylia am yr anifeiliaid bach 'na, Tanc,' meddai. 'Fel yn y stori ddarllenon ni yn y wers Gymraeg am y gwningen fach 'na'n dioddef . . .'

'Iawn, iawn!' meddai Tanc yn ddiamynedd. Roedd Jiws wedi llwyddo i wneud iddo deimlo'n euog. 'Mi wna i dy helpu di. Ond dydw i *ddim* yn mynd i neidio allan o ffenest y llofft!'

'Iawn, ta,' meddai Jiws, 'ond mae'n rhaid i ti fod yn gyflym iawn os wyt ti am ddianc allan trwy'r drws heb i dy fam sylwi!'

Roedd hynny'n haws nag a feddylion nhw yn y diwedd. Roedd mam Tanc yn brysur yn tynnu teisen o'r popty pan waeddodd Jiws ei fod yn mynd, a llwyddodd Tanc i sleifio'n sydyn trwy'r drws ffrynt ar ei ôl.

Roedd hi'n noson olau leuad, a'r sêr fel pupur gwyn dros yr awyr i gyd. Noson braf, lonydd. Roedd sŵn traed y bechgyn fel dannedd yn crensian drwy'r dail crin. Cymylai anadl Jiws yn wyn o'i geg yn awyr y nos wrth iddo siarad.

'Lwcus i ni gofio dod â'r fflachlamp fach 'ma hefo ni. Mae hi'n dywyll iawn i fyny tua'r lle Sebon a Sent 'na.'

Crynodd Tanc er nad oedd o ddim yn oer. Ddywedodd o ddim byd, dim ond cadw'i egni ar gyfer cerdded. Roedd Jiws yn brasgamu o'i flaen, a gwnaeth Tanc ymdrech ddewr i'w ddilyn yn y tywyllwch. Fuon nhw fawr o dro cyn cyrraedd y lle. Roedd pobman yn dawel fel y bedd, ar wahân i hwtian tylluan o'r goedwig fechan gerllaw. Rhedodd ias oer i lawr cefn Tanc. Roedd arno eisiau mynd adref!

'Tyrd, Tanc! Ffordd yma,' sibrydodd Jiws. Roedd yna dwll bychan o dan y ffens. Digon o le i wasgu oddi tano pe baen nhw'n llithro ar eu boliau. Aeth Jiws yn gyntaf a daliodd Tanc y fflachlamp iddo. Tro Tanc oedd hi wedyn. Pasiodd y lamp drwy'r twll i Jiws yna aeth i lawr ar ei fol a cheisio sglefrio dan y ffens.

'Brysia, Tanc!' sibrydodd Jiws yn ddiamynedd. Ond er i Tanc druan drio'i orau glas, doedd o ddim yn gallu symud yr un fodfedd.

'Dwi'n sownd!' gwichiodd Tanc yn ofnus, ac yn wir, pan fflachiodd Jiws y golau i'w gyfeiriad gwelodd fod y weiren bigog wedi bachu yn nhrowsus Tanc druan. Roedd ei ben-ôl o'n sownd yn y ffens! Wedi dau funud ffrwcslyd o ymdrechu er mwyn rhyddhau Tanc, cyrhaeddodd y bechgyn yr adeilad ei hun.

Hwtiodd y dylluan unwaith yn rhagor o'i chuddfan yn y coed a gafaelodd Jiws yn sydyn ym mraich Tanc nes gwneud i hwnnw ollwng rhyw sŵn ffrwydro rhyfedd.

'Wps!' meddai Tanc. 'Sori, gwynt oedd gen i!'

'Glywist ti'r sŵn rhyfedd 'na, Tanc?'

'Ym . . . fi oedd hwnna,' ymddiheurodd Tanc wedyn.

'Na, nid dy sŵn di!' meddai Jiws. 'Gwranda!'

Ac yn wir, o rywle ym mherfeddion yr

adeilad tywyll, daeth sŵn griddfan fel ci bach yn cwyno.

'Pepi!' meddai Tanc. 'Sŵn fel'na mae o'n ei wneud pan fydd o isio bwyd!'

'Wyt ti'n siŵr?' gofynnodd Jiws.

'Dwi'n bendant!' meddai Tanc, yn benderfynol rŵan o achub pŵdl bach ei nain. 'Tyrd!'

Tanc oedd yn arwain y ffordd rŵan, Cyrhaeddon nhw at un o'r ffenestri.

'Tyrd, Jiws. Neidia i fyny ar fy nghefn i er mwyn i ni gael gweld be sy tu mewn,' meddai Tanc yn bwysig. Ufuddhaodd Jiws. Peth newydd oedd cael Tanc yn rhoi gorchmynion, ond doedd dim ots gan Jiws am hynny bellach. Dringodd i fyny a dechrau archwilio'r ffenest. Roedd crac hir yn y gwydr ac wrth iddo bwyso yn ei erbyn chwalodd yn ddarnau o dan ei law. Am sŵn! Roedd hi fel pe bai'r nos ei hun yn malu'n deilchion o'u cwmpas!

'Shh!' sibrydodd Tanc yn nerfus.

'Nid fy mai i oedd o!' chwyrnodd Jiws. 'Pasia'r golau yma!'

Roedd y gwydr wedi disgyn yn lân oddi wrth ffrâm y ffenest gan adael digon o le i ddringo i mewn yn ddiogel. Gwasgodd Jiws ei gorff yn ofalus drwy'r twll sgwâr.

'Hei, be amdana i?' galwodd Tanc yn bryderus.

'Aros i mi fynd rownd i agor y drws,' meddai Jiws.

Ymhen munudau clywodd Tanc sŵn y drws gerllaw yn gwichian yn swnllyd.

'Tanc! Brysia!'

Rhedodd Tanc yn ddistaw i gyfeiriad llais ei ffrind. Roedd hi'n dywyll fel bol hipopotamws, a daeth cymysgedd o arogleuon i ffroenau'r bechgyn – persawr a chemegion a thamprwydd.

'Ogla fel y labordy yn yr ysgol,' sibrydodd Jiws. Cododd ei fflachlamp a sgubo'r golau drwy'r ystafell isel hir. Daliodd ei anadl . . .

Roedd yna res o lygaid yn syllu'n ôl arno drwy'r tywyllwch! Parau o lygaid fel bylbiau goleuadau coeden Nadolig.

'Tanc!' sibrydodd. 'Sbia. Y llygaid 'ma . . .'

Ond cyn i Jiws orffen ei frawddeg clywodd y bechgyn y drws yn gwichian ar agor unwaith eto, a sŵn esgidiau trymion yn rhygnu yn erbyn y llawr. Mewn chwinciad chwannen llifodd golau trydan i'r ystafell a syllodd y bechgyn yn gegrwth ar yr olygfa ryfeddaf a welson nhw erioed!

Roedd yr anifeiliaid duon yno i gyd. Dim ond nad oedden nhw'n ddu bellach! Eisteddai Swtan, cath Mrs Jones drws nesa, mewn cawell yn edrych i lawr ei thrwyn ar bawb. Roedd hi'n streipiog fel sebra, yn gath ddu *a* gwyn erbyn hyn! Mewn cawell arall roedd ieir Dafydd Ffarmwr wedi troi'n bob lliwiau fel licrish ôlsorts hefo coesau! Syllai Barti'r labrador du allan trwy farrau ei gawell yntau. Roedd y ffwr ar ei ben yn sefyll yn bigau pinc a melyn fel crib cocatŵ. Edrychai Pepi'r pŵdl fel pe bai ganddo farf gwyn o dan ei ên, ond roedd gweddill ei gorff yn ddu ar wahân i'w doslyn o gynffon a oedd yn serennu fel lolipop lemon! Ac am Huddyg y gwningen, wel! Roedd ei thraed i gyd yn wahanol liwiau. Un droed las, un droed goch, un droed wen ac O'r Mawredd! un droed biws hefo ewinedd oren!

Trodd y bechgyn a gweld MacPherson ei hun yn sefyll tu ôl iddyn nhw â'i fys ar y swits golau. Roedd hanner tro yn ei wefus, rhyw hen wên sbeitlyd a wnâi iddo edrych fel blaidd a oedd newydd gornelu dau oen.

'Wel, wel,' meddai'n araf. 'Y ddau dditectif bach!'

'Be dach chi wedi'i wneud iddyn nhw?' chwyrnodd Jiws.

Chwarddodd MacPherson.

'Tydyn nhw'n ddel?' meddai. 'Ac mi fyddan nhw'n fy helpu i i wneud fy ffortiwn!'

'Be dach chi'n feddwl?' Roedd Jiws yn benderfynol o beidio dangos fod arno ofn, er bod ei goesau yntau'n crynu erbyn hyn.

'Colur gwallt ydi o,' meddai MacPherson. 'Dwi wedi arbrofi hefo fo fel ei fod o'n lliwio ffwr a phlu yn ogystal â gwallt pobol.'

'Ond pam?' holodd Jiws yn grynedig. 'Pam fasech chi isio newid lliwiau anifeiliaid fel hyn?'

'O, nid rhai fel hyn sy'n bwysig,' meddai MacPherson. 'Anifeiliaid drud sy'n bwysig, ceffylau rasio a chŵn pedigri ac ati. Dyna sut ydw i'n bwriadu dod yn gyfoethog, dach chi'n gweld. Trwy ddwyn anifeiliaid gwerthfawr a'u gwerthu nhw. Ond mae'n rhaid newid eu lliwiau yn gyntaf rhag i neb eu hadnabod.'

'Ond pwy fasai isio prynu ceffyl rasio pinc?' gofynnodd Tanc mewn penbleth.

Byddai Jiws wedi chwerthin oni bai i MacPherson ddechrau chwyrnu'n flin.

'Hogyn gwirion! Troi ceffylau duon yn frown ac yn wyn ydi'r bwriad, wrth gwrs! Rydan ni'n dal i arbrofi hefo'r colur. Dydi'r fformiwla ddim yn gywir eto. Dyna pam fod yr anifeiliaid yma'n edrych mor ddoniol ar hyn o bryd. Du ydi'r lliw anoddaf i'w newid. Dyna pam roedd yn rhaid i ni ddwyn anifeiliaid duon er mwyn profi'r lliw arnyn nhw.'

'Ni?' holodd Jiws.

'Ia, fy nghefnder a minnau. Fo pia'r ffatri yma . . .'

'A Llys Gwyn,' ychwanegodd Jiws. Ac meddai wedyn, heb feddwl: 'Y staeniau gwaed ar y drws . . .' Sylwodd yn sydyn ar ddwylo MacPherson. Roedden nhw'n goch hefyd! O, na! Mwy o waed! Dilynodd MacPherson lygaid Jiws a chwerthin unwaith yn rhagor. Roedd fel pe bai o newydd ddarllen ei feddwl.

'Oeddet ti'n meddwl mai gwaed oedd y lliw coch, felly?' meddai'n filain. 'Wel, mae'n ddrwg gen i dy siomi di, ond *colur* lliw coch oedd o, yr un fath â hwn sy'n staenio fy nwylo i.'

'A finna'n meddwl bod rhywun wedi herwgipio perchennog Llys Gwyn!' meddai Jiws.

'Wel, dyna wyt ti'n ei gael am drio chwarae ditectif!' meddai MacPherson yn sbeitlyd. 'Wrth gwrs, rwyt ti'n berffaith iawn. Dyna oedden ni isio i bobol gredu. Bod fy nghefnder wedi diflannu. A thra oedd yr heddlu wrthi'n brysur yn chwilio amdano, roedden ni'n dau'n cael llonydd i ddwyn anifeiliaid y lle 'ma!'

'Clyfar iawn,' meddai Tanc yn dawel.

'Ia,' meddai MacPherson. 'Llawer mwy clyfar na chi eich dau!'

Ac yn sydyn, cyn i'r un o'r ddau fachgen sylweddoli beth oedd yn digwydd, roedd MacPherson wedi cydio ynddynt a'u gwthio i un o'r cewyll gwag wrth ymyl. Clywsant y goriad yn troi yn y clo a MacPherson yn dweud yn sbeitlyd: 'Mi gewch chi aros yma hefo'r anifeiliaid gwirion 'ma nes bydda i wedi penderfynu beth i'w wneud hefo chi! Ond fydd hynny ddim tan y bore. Cysgwch yn dawel. Nos dawch! Ha ha ha!'

Diffoddwyd y golau trydan yn sydyn a chaeodd drws yr adeilad gyda gwich hir fel llygoden fawr wedi ei dal mewn trap. Gwrandawodd y bechgyn yn grynedig ar sŵn injan fan yn tanio, yn cychwyn ac yn gyrru i'r pellter.

Jiws siaradodd yn gyntaf. 'Wel!' meddai. 'Be wyt ti'n feddwl o hyn i gyd, Tanc?'

'Dwi'n meddwl fy mod i'n teimlo'n swp sâl!' atebodd Tanc yn ddagreuol.

'Ond Tanc, ni oedd yn iawn o'r dechrau!' meddai Jiws. 'Mi *oedd* yna bobol yn dwyn yr anifeiliaid!'

'Oedd,' atebodd Tanc. 'Ond dydi gwybod hynny ddim yn mynd i'n helpu ni rŵan, nac ydi?'

Doedd dim modd gweld dim yn y tywyllwch. Roedd y fflachlamp wedi disgyn o law Jiws wrth i MacPherson eu gwthio i'r caets. Chwiliodd Tanc yn ddigalon yn ei boced am rywbeth i'w fwyta. Gallai deimlo rhywbeth hirsgwar o dan ei fysedd. Diolch byth, Mars Bar! meddyliodd yn ddiolchgar, ond na, roedd hwn yn galetach na bar o siocled. Ac yna sylweddolodd yn sydyn beth oedd yn ei boced.

'Jiws!' meddai mewn cyffro. 'Mae gen i ffôn symudol yn fy mhoced!'

'Be?' Doedd Jiws ddim yn credu ei glustiau. Roedd Tanc yn mynd i'w hachub nhw!

'Mae'r mobeil gen i! Doeddwn i ddim yn

cofio 'mod i wedi ei adael ym mhoced fy nghôt ers neithiwr!'

Mewn eiliadau roedd ffenest fach y ffôn yn goleuo'n gysurus wrth i Tanc ffonio'i fam. Gallai Jiws glywed ei llais yn crio mewn llawenydd ac yn dwrdio Tanc yr un pryd am fod mor fyrbwyll. Ac o fewn hanner awr roedd y bechgyn yng ngorsaf heddlu Rhos Hir yn yfed te ac yn sglaffio bisgedi wrth adrodd yr hanes i gyd wrth y plismyn cegrwth.

'Mi fyddwch chi'n arwyr yn yr ysgol fory, hogia!' meddai Sarjant Greaves gan wenu.

Sgwariodd Jiws.

'Be fydd yn digwydd i'r anifeiliaid rŵan?' holodd Tanc.

'O, mi fyddan nhw'n iawn,' meddai Sarjant Greaves. 'Mae Ifans y milfeddyg yn dweud nad ydyn nhw ddim wedi dioddef unrhyw boen. Efallai eu bod nhw'n edrych dipyn yn ddoniol ar hyn o bryd, ond mi dyfith eu cotiau newydd cyn bo hir, ac mi fydd yr ieir yn ddu unwaith eto ar ôl iddyn nhw fwrw'r plu lliwgar 'ma!'

'Ydyn nhw'n dal i fod yn y ffatri sebon?' gofynnodd Jiws yn bryderus.

'Maen nhw tu allan yn un o faniau'r heddlu yn disgwyl cael eu danfon adra at eu perchnogion,' gwenodd Sarjant Greaves.

'A'r dynion drwg dan glo, gobeithio,' meddai Tanc.

'Ydyn, diolch i chi,' meddai'r Sarjant. 'Gyda llaw, roedd yna ganpunt o wobr am gael hyd i Barti'r labrador.'

'O, oedd, wrth gwrs!' ebychodd Jiws gan gofio'r cerdyn yn ffenest y siop bapurau newydd.

'Hanner canpunt yr un!' chwibanodd Tanc.

'Mae hi'n well na hynny,' meddai Sarjant Greaves. 'Mae'r wobr yn dyblu. Can punt, a thrip i barc saffari i weld anifeiliaid gan eich bod chi mor hoff ohonyn nhw!'

Roedd Jiws yn gwenu fel cath Caer ei hun erbyn hyn. Câi brynu ffôn symudol o'r diwedd! Winciodd Tanc arno. Roedd yntau ar ben ei ddigon yn meddwl faint o siocled y gallai ei brynu am ganpunt.

'Sarjant Greaves?' meddai Jiws wedi iddo gael hyd i'w lais.

'Ia, 'ngwas i?'

'Wyddoch chi'r gwningen ddu? Ym . . . fasa hi'n iawn taswn i'n mynd â hi at ei pherchennog? Ym . . . fy ffrind pia hi . . .'

'Ei gariad o ydi hi go iawn!' meddai Tanc yn gyfrinachol. Aeth Jiws yn binc. Chwarddodd Sarjant Greaves.

'Wel, mae hi wedi mynd yn eitha hwyr, cofia . . .'

'Plîs, Sarjant!' crefodd Jiws. 'Mae Carys wedi hiraethu cymaint am Huddyg!'

Cafodd Jiws ei ffordd yn y diwedd, ac ymhen hanner awr gwelodd Carys gar heddlu'n stopio tu allan i'w thŷ, a Jiws a Tanc yn dod allan ohono! Roedd hi wedi agor y drws cyn i'r bechgyn gael cyfle i ganu'r gloch.

'Jiws! Tanc! Be sy wedi digwydd?' Ac yna sylwodd fod Jiws yn dal basged cario anifail.

'Dyma ti,' meddai Jiws.

'Be . . . pwy . . .? O! Huddyg! Jiws, lle gest ti hyd iddi?'

'Stori hir,' meddai Jiws. 'Ond mae'r gwningen yn saff. Dyna sy'n bwysig.'

'A phaid â phoeni,' ychwanegodd Tanc, 'pan weli di . . .'

'Ei thraed hi!' gwichiodd Carys. 'Mae ei thraed hi'n lliwiau gwahanol i gyd!'

Roedd Huddyg ym mreichiau Carys erbyn hyn, yn amlwg yn mwynhau'r holl fwythau a'r sylw a'i thrwyn bach aflonydd yn gwneud iddi edrych fel pe bai arni eisiau tisian yn ddi-baid. Edrychai'n andros o ddoniol hefo'i thraed-bob-lliw! Ond roedd hi'n amlwg nad oedd Carys yn meddwl hynny!

'Be dach chi wedi'i wneud iddi?'

'Ni?' meddai Jiws, wedi ei glwyfo i'r byw. 'Dydan ni ddim wedi gwneud dim byd iddi!'

'Ni sydd wedi'i hachub hi,' meddai Tanc yn falch.

'Ei hachub hi?' gofynnodd Carys yn gegrwth.

'Maen nhw'n dweud y gwir,' meddai Sarjant Greaves, a oedd newydd ymuno â'r bechgyn ar stepan y drws. 'Mae'r ddau yma wedi bod yn fechgyn dewr iawn!' Ac aeth ymlaen i ddweud yr hanes i gyd wrth Carys a'i mam, a oedd wedi ei dilyn i'r drws ar ôl clywed yr holl sŵn lleisiau.

'Felly does dim rhaid i ti boeni am draed Huddyg,' meddai Jiws. 'Mi dyfith y blew newydd yn fuan.'

'Dwi'n meddwl ei bod hi'n edrych yn ddel iawn fel'na,' meddai Tanc. 'Mae'r lliw glas 'na yn debyg iawn i'r colur oedd gan Leri ar ei llygaid ar noson y disgo!'

Chwarddodd pawb, ond meddai Carys wedyn: 'Dwi'n meddwl y bydd Leri a finna'n ofalus iawn cyn prynu colur llygaid o hyn ymlaen. Fyddan ni ddim yn prynu dim byd fel'na eto cyn gwneud yn siŵr nad ydyn nhw wedi bod yn arbrofi gyntaf ar anifeiliaid diniwed.'

'Gobeithio bydd hyn yn gwneud i bawb ohonon ni fod yn fwy gofalus ynglŷn â'r math o siampŵ a sebon yr ydan ni'n ei brynu,' meddai mam Carys.

'Cytuno'n llwyr,' meddai Sarjant Greaves, 'ond rŵan, hogia, mae'n bwysig iawn eich bod chi'ch dau'n mynd adref ac i'r gwely'n reit handi ar ôl yr holl gyffro 'ma. Mae 'na ysgol fory, cofiwch!'

Roedd y bechgyn *yn* cofio, ac am y tro cyntaf roedden nhw'n edrych ymlaen! Roedden nhw'n mynd i fod yn arwyr bore fory a byddai Mr Haines yn eu canmol yn y gwasanaeth am eu dewrder. Ac roedd yna un peth arall hefyd – ar wahân i weld Carys eto – meddyliodd Jiws gan wenu. Fe gâi weld yr olwg ar wyneb Dafydd Ffarmwr wrth iddo ddisgrifio'r ieir duon yn dychwelyd adref yn edrych mor lliwgar â dau barot!

O, byddai. Fe fyddai bore fory yn dipyn o sbort!